LA ROCHELLEIDE

CONTENANT VN NOVVEAV
diſcours ſur la ville de la Rochelle, ſuiuant les choſes plus memorables auenues en icelle, & au Camp du Roi, depuis le cõmancement du ſiege, iuſqu'á
la fin du mois de Mars dernier : auec
vne louange des Princes, grands Seigneurs, & Chefs de l'armée.

PARTIE.

A TRESHAVT ET TRES-
puiſſant Prince HENRI, Duc d'Aniou,
& Frere du Roi Tres-chreſtien.

PAR I. LA GESSEE MAVVESINOIS.

A PARIS,
Par Gilles Blaiſe, au mont ſainct Hylaire, à
l'enſeigne ſaincte Katherine.
1573.
AVEC PERMISSION.

Extrait de la Permiſſion.

SViuant la Requeſte preſenteé à Meſſieurs le Lieutenant ciuil & Procureur du Roy au Chaſtelet, le 31. du mois de Mars 1573. Il á eſté permis a I. la Geſſée Mauueſinois en Gaſcoigne, de choiſir tel Imprimeur, & Libraire que bon lui ſemblera, pour faire bien imprimer, & mettre en vente vn ſien nouueau Liure, intitulé LA ROCHELLEIDE: auec deffence expreſſe à tous autres Imprimeurs, & Libraires, d'imprimer, ni expoſer en véte ledit liure, ſi ce n'eſt du conſentement dudit la Geſſée, ou de celui quil choiſira: Et ce ſur peine de confiſcation des Liures qui ſeront imprimés, & d'amende arbitraire.

SEGVIER.   DE VILLEMONTEE.

LEDIT I. la Geſſée á permis á Giles Blaiſe de faire imprimer, vendre, & diſtribuer pour la premiere fois la premiere partie de ſa ROCHELLEIDE, ſans qu'il ſoit loiſible á autre de ce faire. Car ainſi l'á voulu, & acordé ledit le Geſſée. Fait á Paris le 8. d'Auril 1573.

A

TRES-NOBLE, ET TRES-
PVISSANT PRINCE, HENRI DVC
D'ANIOV, *frere du Roi Tres-chrestien, &*
Lieutenant general de sa Maiesté par tout
son Roiaume.

E n'eusse bonnement osé, MONSEI-
GNEVR, vous importuner á receuoir
pour agreable ce present si petit lequel ie
vous dedie, sans m'estre au parauãt asseu-
ré de vótre douceur, & debonaire nature.
Car veu la soigneuse affection, & vigilance, dont vous
estes poussé á maintenir incessément l'honeur, & le parti
du Roi, si qu'á peine vous est il donné quelque reláche
á fin de respirer vn peu sous la pesanteur de nos affaires
Françoises: ie ne vouloi m'enhardir á tenter en cette
sorte le fauorable accés d'vne telle bonté. Toutesfois
reconoissant vótre excellence en la fleur de vótre age si
recommandable par la grandeur de vos merites, & per-
fections, iusqu'á vous faire estimer pour tel du volon-
taire consentement de tous parmi l'Europe vniuerselle:
aussi me suis-ie en moi-méme resolu qu'il ne me seroit
aucunement imputé á folle presomption, & outrecui-
dance, si pour vous plaire ie prenoi la hardiesse en ce
temps d'entrer humblement au dedans de vótre pauil-
lon, oú vous estant parfois retiré d'entre vos cõtinuelles
occupatiõs aprés les troupes guerrieres de vótre Armee,
& loing de l'horrible bruit de la trompette, vous puissiés
ouïr ici bourdonner la basse chanson de mes Muses, qui

A ij

peut estre tascheront á l'auenir d'aspirer á s'encharger
du fardeau merueilleus de vos nobles proesses, & louã-
ges. Or ainsi que l'exterieure passion n'est souuent re-
ceüe pour vraie en celui qui porte au vif la sagette d'A-
mour emprainte dans la poitrine, s'il n'est aussi quelque
peu touché du poignant aiguillon de ialousie: de méme
ie croirai facilement que la viuacité de ce desir qui cha-
touille de si prés vôtre magnanime courage, pour l'en-
flamer de plus en plus á l'amour de toute vertu, & ho-
nesteté, ne vous conuie si doucement á l'heureuse exe-
cution d'vn tel proiet, qu'vn ardante enuie de vous re-
mirer en vos actions sur le fidelle patron, & parfait exemplaire de la vie, & gestes memorables de nos Princes,
& Monarques, vos Predecesseurs. En quoi faisant,
MONSEIGNEVR, vous ensuiués á propos l'imita-
tion de ceus qui pour bien s'atiffer d'vne gentile façon,
volontiers se peignent honestement, aians deuant leur
veüe quelque beau miroir pour mieus s'aperceuoir eus
méme. Car la seule emulation des vaillans gestes de vos
Peres de tres-heureuse souuenance, vous rend assés re-
marquable aus iournaliers exploits de vos entreprises.
Mais comme nous voions vn bon destrier qui de soi-mé-
me est aisemét incité á franchir la carriere, n'auoir autre
besoing d'estre éperonné: semblablement ceus qui sont
agités de la méme ardeur, & gentilesse, laquelle excite si
courageusemét vôtre sagesse, & generosité au pourchas
d'vne vertu si rarement acóplie, refuse aussi de premiere
rencontre le secours empiunté de tous auertissemens.
Ce qui nous est aperrement notoire par les fruits incom-
parables que la prosperité de vôtre conduite, & vaillantise déploïe ici á foison d'heure en heure. Tellement que
malgré l'Hydre repullulante de nos malheurtés, & dis-
sentions, derechef suscitées par la rebellion de ceus qui
ne veulent scauoir que c'est encores d'vn legitime deuoir, & naturelle sugectió, sans nulle doute vous en rap-

portés vn precieus loier d'honeur, & gloire perdurable,
de maniere que veu la rondeur, & integrité de laquelle
vous vfés á prontement éteindre le flambeau rallumé
de nos guerres ciuiles, pour l'entier foulagement, & repos general de nos Gaules, vôtre los eſt aſſés capable
pour furmôter, voire aneantir en fa dignité les traitreſſes
algarades de toute enuie, & maluueillance. Au moien
de quoi, MONSEIGNEVR, afin qu'en vous
louangeant ainfi ie ne femble vous délouänger, & de
peur que ie n'encoure l'equitable reprehenfion, & mo-
querie, dont les Lacedemoniens taxerent iadis cettui la
qui leur vouloit rechanter les vaillances, & labeurs, du
grand Hercule: & qu'il ne me foit propofé de nouueau
par nos François ce qui lui fut obiecté par les mémes,
qui ne conoit Hercule: & qui ne vous conoit auffi? ie me
deporterai á cette heure d'en faire plus long recit , & ce
pour fuplier en toute reuerence, & humilité, vôtre hau-
teur, & feigneurie, d'accepter á gré ces fleurs nouuelle-
ment produites, & recueillies du Printemps de ma ieuneſſe.
   MONSEIGNEVR, ie prierai inſtâment la
haute maieſté du Roi des Rois vous elargir en trélon-
gue vie le comble de fes graces, & benedictions.   De
Paris ce xxx. de Mars 1573.

Le tres-obeiſſant feruiteur de vôtre Excellence,
I. LA GESSEÈ MAVVESINOIS.

A iij

10. AVRATVS POETA

Regius Græco-Latinus, in I. Gesseÿ Mauuesij RVPELLEIDA.

TAM bené qui teneris modulans præludis
  in annis,
Siue Latina iuuat, Gallica siue chelys:
Postquã maturos GESSAEE impleueris annos,
  Et quod nunc flos est fructus adultus erit.
Post tales, quales iam iunior implet auenas
Musa tibi, quantas flabit adulta tubas?

LVDOVICI LAVVERGNACI

Burdegalensis ad I. Gesseum Mauuesium, Ode Tricolos tetrastrophos.

MArtis furorem dum cit inhorridi
  Canente Musa GESSEVS, intonans
  Sic cantat, vt Martem cruentum
  Versibus exacuat sonoris.
At seu tremendi bella Cupidinis,
  Seu barbito tentet Lyricum melos,
  Vel Scenico Reges Theatro
  Admórit, omni laude floret.
O macte GESSEV! quem Latij colunt,
  Galliáq; Vates! tu super æthera
  Iamiam volas auris secundis,
  Nec fera fata timens, nec annos.

SONET

DE FRANCOIS DE BELLEFOREST
Comingeois sur la ROCHELLEIDE de
I. la Gessée Gascon Mauuesinois.

IE sçauoy long tḗps á combien Frāce foisonne
En hōmes de sçauoir, & des lōg tḗps i'ay veu
Les plus rares, & bons: long tḗps á qu'ay cogneu
Le son qui en Paris de leurs Lyres resonne.

Mais biḗ peu i'en voioys qui de l'ōde Gascōne
Abreuués, & espris d'vn Aquitanic feu,
Fissent ouïr la voix, & l'esprit de ce Dieu
Qui esmeut leurs esprits, & en leurs escrits tōne.

Ores ie suis contant: la GESSEE est celuy
Qui aiant des grāds Roys, & des Muses appuy,
Chante les Roys, les grands, leurs vertus, & prouesses.

GESSEE mō voisin mon Cominge accollāt,
GESSEE que ie suis baisant, & honorant,
Pour ses vers, ses vertus, scauoir, & gḗtilleßes.

I. GESSEI MAVVESII

in suam Rupelleida, Præfatio.

ODE Dicolos Tetrastrophos.

Versus Gesseiani.

QVID sæuis tuos in proceres furens Galle?
Restaurata quid Pergama nobilis FRANCI
Trux plusquám hostico toties quatis nisu?
Phrygiæ quid renouas obitum?

Cur heu! ciuico dextra madet rubens tabo,
Ac risum ferox gentibus exteris præbes?
Quæsitumq́; tot casibus cruens regnum,
Id aues reparare scelus?

O quantúm remoti pelagíq́;, terræque,
Sceptro Gallico tot poterat malis addi,
Et quâ surgit Aurora iugalibus vecta
Oriens Oceano biiugis.

Et quâ Tethyos fluctibus hospitæ Titan
Vastis occidens mergitur : ah nefas dirum!
Nunc nunc Galle saltem satis vltus, vltorq́;,
Proprio iam sapias odio,

Tot passis ruinis : vel Erynnios toruæ
Si tantis comes te furiis iuuat Mauors,
Exprobrationi querulæ modum pone,
Sine me vel tua flere mala.

VIVERE DAT MVSA.

LA ROCHELLEIDE

CONTENANT VN DISCOVRS
des choſes memorables, auenues á la
Rochelle, & au Camp du Roi, depuis
le commancement du ſiege.

PARTIE.

A MONSEIEVR FRERE DV ROI.

PAR I. GESSEE MAVVESINOIS.

I'AI deploré n'aguiere le
trépas
D'vn Prince, occis par
l'horreur des combas:
Mais á preſent i'entonne
les alarmes,
Et nobles faits, des principaus Genſdarmes,
Qui ſoútenant l'honeur de nos Valois,
Ont aſſiegé les murs des Rochelois:
Et qui pouſſés d'vn vif zele de gloire,
Font en mourant plus viue leur memoire.
   Vous , preus HENRI, tige des Demidieus
De nôtre Gaule, & des Rois vos Aïeus,

B

Si la fureur de la triste Bellonne
Par les aſſaus vôtre cœur n'aiguillonne,
Et qu'á ce coup vous ſoiés en repos,
Pour tôt courir aus combas plus diſpos:
Vous ſeparant vn peu de vôtre armée,
Oïés la voix de ma Muſe anïmée
A vous chanter: puis d'vne, & d'autre part,
Retirés vous dans vôtre tente á part,
Pour m'écouter, & tendre ici l'oreille
Au vrai diſcours de mainte grand' merueille,
Que vous verrés auenir vers ce lieu
Qui vous detient, par le vouloir de Dieu.
   Le méme iour que ceus de la Rochelle
Furent marris de la triste nouuelle
De vôtre Camp, & que les gens armés
D'vn fort Stroſſi, furent d'ire allumés
Contre la Ville, & plus ſ'en irriterent
Quand maints François dedans ſe retirerent:
Prince, l'on tient qu'auſſi ce méme iour
On vid ſortir de l'humide ſeiour
Vers vn Iſleau, Prothé le grand Profete,
Du Roi des eaus le fatal interprete.
Qui lá fáché d'vn ſi fácheus deſroi,
Calma les flós pleins d'orageus effroi:

Puis d'une bouche en tels propos ouuerte,
Diuinement profetiſa ſa perte.

   Fiere Cité, qui me vois á preſent
Proche á tes bors, & pour qui i'erre abſent
De mes troupeaus d'Egipte, & de Palene,
Non par l'Epous de l'amoureuſe Helene
Pris, & lié: mais par le veuil des cieus
Contraint ici d'vn chant preſagieus,
Ie te predis le terme de ton eſtre,
Suiuant le cours d'auanture ſeneſtre.

   Bien tôt ici tu verras l'appareil
D'vn Oſt Roial, qu'vn PRINCE non-pareil
I conduira, pour te dreſſer la guerre
Par glaiue, & feu, tant par mer, que par terre:
Qui FRERE aiſné de ton Maiſtre puiſſant,
Vient ia deia tes fautes puniſſant.

   Ainſi iadis le valeureus Atride
Fut élu Chef des Grecs au port d'Aulide,
Pour reuanger ſon Frere à ce moïen,
Trop outragé du rauiſſeur Troïen.

   Or puis qu'ainſi tu denies l'entreé
Dedans ton clos á l'humble vierge Aſtreé,
Et qu'il te plait (rebelle) t'obſtiner
Contre celui qui te vient mátiner:

LA ROCHELLEIDE

Tu n'ouïras deformais par ces terres
(Prife d'horreur) que les cruels tonerres
Des fiers Canons, & ne verras en paix
Fleurir ici tes Citoïens espais.

Ore tes murs, & renforts si superbes,
Peut eftre vn iour s'égalleront aus herbes,
Et tes palais aus defers, & buiffons:
Et tu feras pleine de maudiffons.

Bien qu'à ce coup l'on te dife garnie
D'hommes vaillans, & de viures munie:
Bien qu'en tes murs, & foffoïés rampars,
On voie au long fourmiller tes foldars:
Bien qu'on te vâte, & qu'on nous mette en côte
Tes gros Canons, & grand's pieces de fonte:
Si verras tu (quoi qu'il nous tarde) à temps
En pleurs, & cris, changés tes paffetems,
Et feras mife à tes haineus en proïe:
Car tu n'es point vne feconde Troïe.

Toi n'heritant de fon heur ancien,
Tu n'as pour toi fon fecours Thracien:
Et fi ne vois à toi venir encore
Pour t'affifter, le noir fils de l'Aurore:
Heureus vraiement! fi par le fer pointu
Il n'eut d'Achille éprouué la vertu.

Et bien qu'en peuple armé tu ne foisonnes,
Vn Camp guerrier de femes Amasonnes
(Sexe aus combas magnanime, & viril)
N'alente point les maus de ton peril.
Et pour t'aider Enyon la peruerse
Qui piés à mont la France bouleuerse,
N'irritera iamais en ta faueur
Vn autre Hector, gardien, & sauueur
De sa cité, contre les gens Françoises,
Brulant leurs Nefs, comme il fit les Gregeoises,
Pour ses Troiens nuit, & iour bataillant,
Et l'Ost des Grecs sans repos assaillant:
Lesquels en guerre il remettoit en fuite,
Comme vn Lion qui chasse á la porsuite
Les Cerfs legers, á courir plus hatifs,
Qu'il n'est suiuant ces animaus craintifs.
Entre ces Preus, que la grand' Renommeé
Bruira l'honeur de la Roialle armeé,
Tu conoitras vn genereus HENRI,
Que le DIEU Mars aus armes á nourri,
L'un des VALOIS, qui pour ne condescendre
A ton deuoir, te doit tapir en cendre.
Tu conoitras encor son Frere aimé,
Vn FRANCOIS DUC, des Francois estimé,

Qui s'opposant á ta fureur ciuille
Porte le cœur d'vn redoutable Achille:
Et qui ton peuple acablera de coups,
Ainsi qu'vn Ours qui fait la guerre au Loups.
  Tu conoitras entre tant d'apres noises
Ce ieune R O I des terres Nauarroises,
Pour ton contraire, & plaindre t'en voudras:
Mais trop chetiue en vain tu te plaindras.
Car le pouuoir de sa libre ieunesse,
N'étant soúmis au ioug de ta finesse,
Ne permettra que ta rebellion
Te rende egale aus vieus murs d'Ilion.
Et bel Epous d'vne belle Charite,
Que les mortels appellent MARGVERITE,
Par double honeur si proche au sang Valois,
Il ne voudra se dire Rochelois:
Ains imitant en sa douce franchise
Le noble fils du vaillant fils d'Anchise,
Né de l'estoc des Princes de Bourbon,
Suiura plútot & son Pere tref-bon,
Et son grand Pere, humbles au Roi leur Prince,
Et cõbattans pour l'heur de sa Prouince.
  Que si la Parque acroit son fil humain
Par le métier de sa fatale main,

Et qu'en santé son viure elle conferme
A l'auenir iufq'á son prefix terme,
Vn iour de gloire, & pompe enuironné,
Dans Pampelone il fera coronné.

Apres ceus ci, fuiuans la méme trace,
De deüs HENRIS *(iffus de méme race)*
Tu fentiras les vangereffes mains:
Parmi le choc des affaus inhumains.

Ha! ie te plains illuftre Duc D'AVMALE!
Car tes hauts faits, & ton courage mále,
Ores me font refouuenir ici
Du fage Idmon, qui fans nulle merci
De fon falut, plein d'ardante alegreffe,
Vint en Colchos, auec la fleur de Grece,
Pour mieus ainfi quelque honeur aquerir,
Iacoit qu'il fceut qu'il i deuoit perir.
„ O noble los, hofte d'vne bonnè ame!
„ Seul par vertu tu l'affranchis de blame.
Témoing en eft ce Prince valeureus,
Qui predira fon trepas méme heureus,
(Ains fon malheur) & fa proueffe étainte,
Preft d'enuahir les Rochelois fans crainte.
Mais las! ayant d'vn feruice loial
Tant trauaillé pour le Sceptre Roial,

Que vôtre Gaule, aincois toute l'Europe,
Le colloquant au milieu de la trope
Des grands Heros, qui pour viure sont morts,
Son ame ici delaissera son cors.
„   Il faut mourir, & quoi que l'home tarde,
„ De réchaper le trépas il n'a garde.
„ Car ceus qu'on void en vie demourans
„ A ce iourd'hui, demain seront mourans,
„ Ou tót aprés : & la Gondole large
„ Du vieil Charõ, n'est onc sans quelque charge.
„ Mais nonobstant on vit de l'esperit,
„ Le cors n'est rien, viuottant il perit :
„ Non cettui la, qui les morts fait reuiure,
„ Et des liens de la chair se deliure.
    Ha miserable! en t'ósant bien douloir
Du Dieu treshaut, & de son saint vouloir,
Ne vois tu pas ce braue Duc de GVISE,
Aussi par force enfraindre ton emprise?
Et contre toi guider leurs bataillons?
Et renuersant tes tours, & bastillons,
Darder sur toi (pour les reduire en poudre)
Horriblement la tempeste, & la foudre?
    Ie voi ie voi pour te mettre á l'enuers,
Prest á te nuire un Seigneur de NEVERS:

Lequel suiui d'un preus MARQVIS du MEINE,
Nul bon suport á tes Soldás n'ameine.

  Bien que d'audace ils aïent eu grossi
Leur haut courage, un vertueus STROSSI,
Vn de COSSÉ Maréchal venerable,
Vn de RETS Conte, & BIRON honorable,
Leur fairont naitre adonc la crainte au cueur:
Et puis aprés un MONLVC belliqueur,
Et la VALETE, ornemens de Gascoigne,
Engraueront les marques de vergoigne
Dessus leurs dos : & pronts en leurs desseins
Vn PVIGAILLARD, & guerroïeur COSSEINS,
Et mille encor fameus en vaillantise,
Perdront leur gloire, ains leur fai-neantise:
Et méme aucuns ton parti quitteront,
Voire á ton mur (hardis) s'affronteront.

  Entre plusieurs un auisé la NOVE
Te faira voir comment le Sort dénoüe
L'étroit lien des affaires mondains,
Au dur succés des changemens soudains:
Qui pour conduire en l'armée Roialle
Vn CHAMPAIGNI, ROSCENARD, & la SALLE,
Braues guerriers, auec maints autres Chefs,
T'abandonnant surcroitra tes méchefs:

Si qu'vn HENRI, des Heros l'exemplaire,
Aimera mieus humainement se plaire
Par grand' caresse à gré les bienueigner,
Que leur seruice en fureur dédaigner:
Mais sur trétous encontre ta furie,
Bellone seule aura la seigneurie.

    Les peres vieus aus longs cheueus grisons,
Demeureront seulets en leurs maisons:
Puis contre l'ordre, & les lois de Nature,
A leurs enfans ils donront sepulture:
Et les chetifs leurs pertes deplorant,
R'attristeront les meres en plorant:
Veu que l'Hiuer si drüment ne sacage
Les poils ia secs d'un garsouillé bócage,
Méme si dru ne sont point diaprés
D'un verd émail en Mai les nouueaus prés:
Que deuant toi les foraines cohortes,
Et tes squadrons, verront en mille sortes
Le ciel iré reuomir dessur tous
Les fleaus meurdriers de son iuste courrous:
Et semblera que la machine haute
Ait coniuré pour châtier leur faute.

    Or entre tant, & tant d'assaus liurés,
Plusieurs seront de plaies eniurés,

Et d'une part, & d'autre, cette plaine
Des os des morts vn iour blanchira pleine.

   Mais entre ceus qui du los gaigneront,
Et pour l'honneur la mort dédaigneront,
Vn de RETS Conte, & CHAVIGNI, la souille
En son sang propre, auec son Neueu ROVILLE:
Et desireus d'aquerre vn beau Laurier,
Tu les suiuras Conte de MAVLEVERIER,
Et toi RAGVI poussé d'un cœur semblable,
Auec GRILLON, en renom egalable.

   Vn de LA-MAVLE, vn Prouençal D'VNIS,
Et SERILLAN en leur exploit vnis,
Bien fort blessés, & SARRED Capitaine,
De leur valeur donront preuue certaine.
Aussi faira le ieune CHEMEREAV,
Et par sus tous vn vaillant MONSEREAV:
Lequel suiui de quatourse Gensdarmes
Tous aueuglés aus dangereus vacarmes,
Aiant sans peur la cuirasse endossé,
Le glaiue au poing, ira iusqu'au fossé
De ta muraille: où plus dur que la grelle
Cheant á bas coup sur coup ne martelle
Le dos matté du hautain Apenin,
Contr'eus adonc vomissant leur venin

Tes fiers Soldats, d'vne brusque tirade
Fairont pleuuoir mainte ápre harquebusade,
Et maints boulets, qui des Mosquets sortant
Auec l'horreur la mort vont aportant.

Et neaumoins vn seul, d'entre leur bande,
Sera nauré d'vne blessure grande:
Puis reuenus le Coutelas sanglant,
Leur MAISTRE ira chacun d'eus accolant
Par bon recueil: & maints en egaus gestes
Enuoïeront leur gloire aus lieus celestes,
Ore plaïés réchapant ainsi francs,
Ore meurdris poussant l'ame des flancs.
„ Car des qu'on s'offre en plein chãp de bataille
„ Soit qu'on en prẽne, ou soit que l'on en baille,
„ C'est seulement aus cœurs abatardis
„ De ne combatre en guerroiants hardis:
„ C'est aus Vieillars, & pucelles timides,
„ De fuir l'émoi des armes homicides.
„ Puis la Vertu que le cercueil poudreus
„ Iamais n'entombe auec les os cendreus,
„ Est immortelle, & compaigne de l'ame,
„ Forçant les ans, & la Parque, & la lame.
Or si tu peus quelques mois resister,
Si ne peus tu longuement subsister

En ton audace: & les Anglois étranges,
(A qui le cœur bouffit de tes louanges)
M'en sont témoins, qui les siecles passés
Plus d'une fois en ont esté chassés.

　Et bien! humaine, & populeuse, & riche,
Tenãt l'Empire un CHARLES Quint d'Austri-
Tu voulus estre alors au Roi FRANCOIS,　(che,
Et non Angloise! ainçois rebelle ainçois
Te reuoltant, (& non sans repentance)
Contre raison tu lui fis resistance:
Mais sa douceur, & sa facilité,
Surmonta lors ton infidelité:
Car toi soúmise á sa volonté propre,
Tu n'encourus pour vangeance qu'opprobre.

　Et neaumoins les Fureurs au dedans
T'inspirent ore' & leurs flambeaus ardans,
Et leur semence, á fin qu' á ta coútume
Ta gaïeté se change en amertume:
Ce qui peut estre auiendra tant á point,
Que de repos tu n'auras un seul point.

　Soit au matin quand les Astres font place
Au iour poignant, qui les tenebres chasse,
Et que l'on void l'Epouse au vieil Thiton
Nous découurir son rosoïant menton:

Soit á Midi, quand la torche etherée,
Luit au milieu de la voute azurée,
Et que son feu plus vif, & plus ardant,
Aille ça bas ses flamméches dardant:
Ou soit au soir quand Phebus ia rebaigne
Son char plongé dedans la mer d'Espaigne,
Ou que sa Sœur aus blancs raïons d'argent
Suiue sa route, vn soing sans cesse vrgent
T'en doit remordre, & fusses tu soûmise
Aus Nourrissons de l'Angloise Tamise.

  En nauiguant les palles Matelós
Dans l'Ocean ne content tant de flós,
S'entre suiuans d'écumes blanchissantes,
Hurtant les piés des roches gemissantes,
Aus soufflemens du mutin Aquilon:
Que tu verras sur ton peuple felon
Cheoir de malheurs, & miseres ciuilles,
Seruant d'exemple aus plus superbes villes.

  Courage ROI, le plus fort des Chrestiens!
Veuilles, benin, auoir pitié des tiens:
Et punissant les Amis de Discorde,
Aus discordans ne fai misericorde.

  Et vous aussi grands REINES, & sa SOEVR,
Viués sans crainte: & sous l'espoir tresseur

Soit á Midi, quand la torche etherée,

D'heureus succés des guerres commencées
Pour tót finir, n'attristés vos pensées.
Imités moi le renaissant vermeil
Des fleurs, aus rais du matinier Soleil,
Qui ia montroient leur beauté fanissante,
(Sans sa chaleur) par la pluïe nuisante.

  Et toi PARIS, merueillable Cité,
L'honeur plus grand de ce Tout habité,
Et qui sans pair gaignes ce priuilege,
Heureuse en biens! d'estre des Rois le siege:
Apreste toi pour bien tót receuoir
Ce PRINCE aimé, qui te viendra reuoir
A compaigné de l'Ost qui le conuuie:
Es carrefours dresse tes feus de ioïe,
Montre toi braue, & d'vn vœu solennel
Rends grace á Dieu, pour l'honeur eternel
Propre á ce D V C, qui d'armes étoffées
Ia te promet mille nouueaus trofées.

  Toi FRANCE aussi, fertille region,
Qui vas souffrant pour la Religion
Ces malheurtés, dont les Dieus, & les Astres,
Accroissent las! tes ennuïeus desastres:
Bien que tu sois l'école des vertus,
Rare ornement dont tes Rois sont vétus:

Bien que tu fois l'œil d'Europe, & te nommes
Mere des arts, & nourrice des hommes,
Et nonobſtant tes enfans partiaus,
Sois floriſſante en actes Martiaus:
Bien que tu ſois en treſors planteureuſe,
Bien qu'en tous lieus ta race auanteureuſe
Des ſa naiſſance ait veu par terre, & mer,
Son nom au large heureuſement ramer:
Et bien qu'eſtant le fleau de la malice,
Dans tes cités tu loges la police:
Et qu'il i ait des Regnauds, & Rogers,
Et des Rolands aueugles aus dangers:
Ne croi pourtant qu'en ces guerres apertes
Tu puiſſes onc t'enrichir de tes pertes.

    Et pource voi que ton ſort inhumain
Ne t'egaliſe á l'Empire Romain:
Et laiſſe moi ces quereles barbares
Aus Meſcreans, & farouches Tartares.
    Ha, quel depit! aincois quel deſhoneur
Eſt ce d'ouir l'étranger blaſoneur,
(Qui s'enrichit du gaing de tes ruines)
Mettre en auant ſes publiques rapines,
Ses faits maudits, & qui touſiours combat
Pour l'auarice, & n'en fait qu'vn ébat?

Qu'eſt-ce de voir ces Harpyes gourmandes
Venir ici des terres Alemandes
Pour te piller, & par tes chams conus
Mettre ton peuple au fil des glaiues nus?
D'ainſi te voir par ceus la fourragée,
Qui te deuroient reuanger outragée?

Ainſi, depuis qu'au champ Pharſalien
Fut repandu le ſang Italien:
Mémes aprés que l'Empereur Auguſte
Vint á regner (plus que ſon Pere) iuſte,
De ſes meurdriers á l'enui ſe vangeant,
Et l'Uniuers preſque ſous ſoi rangeant:
Rome au milieu des haines, & ſcandalles,
Seruit de proie aus rauiſſans Vandalles,
Et cruels Gots, qui vindrent l'aſſaillir,
Son heur déia venant á defaillir.

Comme en Eſté le gleneur ne ſ'egare
Des moiſſonneurs, qui leur fauſille auare
Vont emploïans á tondre les forés
(Iaunes d'eſpics) de la blonde Cerés:
Mais cheminant pas á pas ſuit la troupe
Qui les treſors de la Deeſſe coupe,
Si qu'aprés elle il ramaſſe en paſſant
Ce qu'elle va de reliques laiſſant.

D

Ni plus ni moins chacun á la venüe
De tes difcords, te rauage, & denüe
De ta richeffe, & t'á l'on prefque oufté
Les biens meilleurs, qui fi cher tont coufté.

  O FRANCE, mere abondament fertile,
D'vn fi grand peuple au fait d'armes vtile,
Si tu m'en crois tu ne vanteras plus
Tes vieus Heros, que le manoir reclus
De leurs tombeaus, preffe au fein de la terre,
Bien qu'auec eus leurs renoms il n'enterre!
Et moins encor tu publiras les faits,
Que leurs enfans d'age en age ont parfaits,
Pour auffi loing borner ton étandüe,
Qu'en tous endroits leur gloire eft épandüe.

  Car s'il auient qu'vn iour la Chreftienté
Qui tes combás á tant exprimenté,
Te reconoiffe en tel eftat reduite,
Et par les vents de malheurté conduite:
Elle verra fes autres regions
Gaïes dequoi tes propres legions,
Voire ceus la qui deuroient te defendre,
A ceiourd'hui s'adonnent á t'offendre.

  Mais pour mieus faire á ce coup ton deuoir,
Et quelque fin de tes maus receuoir,

Prie le ciel ton premier aduerſere,
Qu'ore il te ſoit propice en ta miſere:
Puis rapellant par méme opinion
Tes chers Subiets á ſemblable vnion,
Pour rembraſſer la Foi vraiment Chreſtienne,
Chaſſe Diſcorde entre la gent Paienne.

AINSI diſant le Profete fameus,
Saute en la mer: & le flot écumeus
Qui le renferme, á bouillons vn ſon iette,
Et tournoïant ſur ſon chef piroüette.

FIN DV DISCOVRS.

ODE,

Sur les preſens troubles de France.

A MONSIEVR FRERE DV ROI.

IE veus bien polir cett' Ode,
Mais tordre ie la voudroi
A la Thebaine methode,
Pour le FRERE de mon Roi:
Vien donc Muſe, ma Mignonne,
Sucrer mes vers d'vn dous miel,
Afin qu'ainſi mieus ie ſonne
Ses honeurs dignes du ciel.

Et toi, preſte moi l'oreille,
(O mon PRINCE non pareil)
Ore qu'ici ie m'éüeille

D'vn long oblieus someil:
Ore qu'en ferme asseurance
D'vn courage plus dispos,
I'anonce parmi la France
Les merueilles de ton los.

    Ie prise vne antique race,
I'honore vne Roiauté,
I'estime la bonne grace,
I'aime la chaste beauté,
I'adore vne docte Muse,
Et sui tel autre bonheur:
Mais plus que l'Indique honeur
I'aime vne gloire fameuse.

I. PAVSE.

» La Nature aus homes donne
» Vn cours de vie acourci:
» Mais (comme sage) elle ordonne
» D'auoir tousiours ce souci,
» Qu'errante soit la memoire
» De leurs beaus faits poursuiuis,
» D'age en age entre-suiuis
„ D'vne suruiuante gloire.

„ Elle, comme á sa Princesse,
„ Sert d'escorte á la vertu,

„*A c'il qui la quiert sans cesse,*
„*Aiant le vice abbatu.*
Elle (á qui tout peril cede)
Fut au ciel en feu logeant
Hercule le Tu'-geant,
Et les Fils iumeaus de Lede.

   Ton Aïeul, qui les cieus orne,
Et ton Pere, qui puissant
Arrondit la double corne
De son agrandi Croissant,
Sans detraquer de leur voïe,
Restent lá haut glorieus:
Oú le fer victorieus
Par elle encor te conuoïe.

II. PAVSE.

Fameus celui, duquel l'ame
Vn si noble soing remord:
Son nom (qui donte sans blame
Le temps, l'enuie, & la mort)
Court de Prouince en Prouince.
„*Heureus le Gendarme, heureus,*
„*Qui braue, & cheualeureus,*
„*Meurt pour l'honeur de sõ Prince.*
   L'home est chetif, qui se laisse

Engloutir couardement
A l'engourdie vieillesse,
Sans montrer gaillardement
(Ains que la saison grisonne
Son chef de nege ait couuert)
Vn cœur aus perils ouuert,
Par sa vertu qui foisonne.

    L'orgueil, & fai-neantise,
Du lâche François mutin,
Par ta seule vaillantise
Doit succomber au Destin,
Ploiant sous tes bandes iointes
A coups des glaiues tranchans:
Ainsi Dieu sur les méchans
Iette ses dars á trois pointes.

III. PAVSE.

    Quand nos Rois on importune,
Ils attachent l'æle au dos
De la vangeance oportune,
Impatiens de repos
Iusqu' á ce que l'entreprise
Par eus en fin mise á chef,
Soit acablant de méchef
Cʾil qui leur pouuoir déprise.

Ia la peine vangereſſe
Son peché lui met deuant,
Et ſes deus talons lui preſſe,
A pas œlés le ſuiuant :
Et ia d'vne loi fatalle
Tes rigueurs lui fait ſentir,
Lui grauant vn repentir
Au front vergoigneus, & palle.

   Chacun endoſſe les armes,
Eclatantes de lueur :
Les cheuaus pronts aus vacarmes,
Courent moites de ſueur.
On oit le bruit des trompettes,
Et retentiſſans Canons,
On ne void que gomfanons,
Que genſdarmes, & cornettes.

IIL. PAVSE.

Nôtre Gaule, de merueille
En fait l'Europe ébahir :
L'ennemi s'en emerueille
Qui cherchoit á l'enuahir.
La ſuperbe Germanie
(Qui n'aguiere lui donnoit
Ses gens, qu'elle guerdonnoit)
En void ſa troupe banie.

Ni les bandes assasines
De nos haineus familiers,
Ni des regions voisines
Les plus vaillans Chevaliers,
(Pendant les horribles guerres
Qui troublent nos Citoïens)
N'ont peu trouuer les moïens
D'eniamber dessur nos terres.

   Aussi la grand' Renommée
Rien rien ore ne rebruit
Que nôtre Francoise armée,
Loüable en Chefs de haut bruit.
Quel est celui qui s'egaïe,
Monté sur vn beau Coursier?
Son cors est vétu d'acier,
Qui comme vn clair Soleil raïe.

V.   PAVSE.

   Il branle en main vne hache,
Son morrion est cresté
Des reflós d'vn long pennache,
En plis ondés arresté.
A voir comme il se demeine,
C'est le ieune Mars Gaulois,
Tige du sang de Valois,
Qui par le Camp se pourmeine.

A l'entour de lui s'assemblent
Mille nombreus esquadrons,
Et mille Ducs, qui se semblent
De cœur, d'armes, & plátrons:
Entr'eus, hardi, ie regarde
Nôtre heureus MONLVC *Nestor,*
Qui ioint á cet autre Hector
Prend son ARMÉE *en sa garde.*

Courage PRINCE, *courage!*
En la méme fleur des ans
Qui deia bornent ton age,
Par les combás meurdrissans
Ce Guerrier, l'effroi du monde,
Ce Monarque Emathien,
Seul táchoit d'estre soútien,
Et Roi de la terre ronde.

VI. PAVSE.

Comme un odieus orage
Auec les nües porté,
Perd le fecond laborage
Du Bounier déconforté:
Ta presence necessaire
Aus peuples qui te suiuront,

Perdra du premier affront
Ton plus malin aduersaire.
  Vers les Isleuses riuieres
Autour des rocs, & valons,
A voltes, & courses fieres,
L'ongle des cheuaus felons
Presse la terre pleurante
Sous leur harnois gemissant,
Que (d'effroi se herissant)
L'eau prochaine est remirante.
  Mille troupes guerroiantes
D'vn choquer audacieus,
Par batailles effroiantes
Mélent la terre, & les cieus:
Des Preus la valeur s'épreuue,
Pendant qu'vn dru abatis
D'autour les voisins patis
De sanglans ruisseaus abreuue.

VII. PAVSE.

  Fortune, & Vertu compaignes,
T'aueugleront aus dangers,
Pauant ainsi les campaignes
D'occis peuples étrangers:

Ces Rochelois ia craintifs,
Remarquant leurs dos fuitifs
D'vne perdurable honte.
    Ainsi l'humble Colombelle
A qui le courage faut,
Háte son vol non rebelle,
Voiant cheoir l'Aigle d'enhaut:
Ainsi l'ire d'vne ápre Ourse,
Ou rous Lion affamé,
Met en fuite vn Cerf armé
De piés dispos á la course.
    La Victoire, seure garde
Des Empires, & des Rois,
Ainsi d'vn bon œil regarde
Par les belliqueus arrois
Tes gens, riches de trofées:
Et de Palme, & de Laurier,
(Comme vn valeureus Guerrier)
Soient tes tresses étoffées.

FIN DE L'ODE.

E ij

SONETS

DE LA FRANCE EPLOREE.

I.

QVI veut voir auec moi perir vne Ieuneſſe,
Guerriere ſ'obſtinãt en ſon propre malheur:
Qui veut aueque moi voir honnir ſa valeur,
Qui veut aueque moi haſarder ſa prõueſſe.

Qui veut aueque moi deplorer ſa détreſſe,
Qui veut aueque moi ſe priuer de ſon heur,
Qui veut voir auec moi denigré ſon honeur:
Viẽne voir auec moi des fiers Soldás la preſſe.

Il verra dru gréler les coups de Coutelas,
Les lances trõnçõner en mille, & mille éclas,
Au craquetis du fer, & choq de mes Genſ-
darmes.

Et ſi verra l'arroi de trois, ou quatre Camps,
Aller piés cõtre-mõt bouleuerſãt mes chãps
Au bruire des Canõs, & tõnantes alarmes.

II.

AVANT que le Diſcord eût ébranlé l'Empire
  Par mille effors cruels, du fier peuple ROMAIN,
  La grand' Cité de Mars d'vn pouuoir plus qu'humain
  Maiſtriſoit ia le mõde, où depuis elle aſpire.
MAIS quãd l'ápre Deſtin chãgea ſõ mieos au pire,
  Par ſoi méme encourant vn deſaſtre inhu-
  main:
  Mutine, elle trempa ſon homicide main
AU ſang de ſes ceſars, & veuue elle en ſoûpire.
Auſſi tant que la FRÃCE á biẽ peu viure en paix,
  Elle ſe repeuploit de Citoiens eſpais,
  Heurant ſa Roiauté qui n'auoit ſon egale.
Mais depuis que ſon peuple ainſi malicieus
  Contr'elle á dégainé ſon glaiue audacieus,
  AU ſort des vieus ROMAINS ſa cruauté l'egale.

E iij

III.

UILLE, qui n'as d'egale en ce monde habité,
   Fier monstre á plusieurs chefs, ouuriere d'in-
    iustice,
   Hydre repullulante en cháque malefice,
   Reine d'apostasie, & d'infidelité.
Mere d'ambition, fille d'iniquité,
   Alaitée d'orgueil, nourriciere de vice,
   Fusil d'emotion, abyme d'auarice,
   Rempart des assasins, haineuse d'equité·
Ville en pompe mõdaine á marcher coútumiere,
   Des homes de renom l'homicide premiere,
   Tigresse en cœur felon, gouffre de tout effroi.
Tu cheris les méchans, ton audace est brutale,
   Tu depites le ciel, & fais guerre á ton Roi,
   Et bref Ville tu n'as en terre ton egale!

L'AVTEVR, DE SOI-MEME,

IIII.

H A, maratre Nature! & faut il que pour viure

Peu mondain, solitaire, affable, & studieus,

Ains fable du sot peuple, á moi-méme odieus,

Le bôheur onc ne veuille aucunemẽt me suiure?

He! faut il pour blémir tousiours sur quelque
liure,

Et pour estre á requoi, modeste, & curieus,

Qu'encourant ce desastre horrible, iniurieus,

De mille vains espoirs ie ne soïe deliure?

Las! si i'étois au moins quelque fol, bon
ioüeur,

Quelque Nain, ou bouffon, ou fin Amadoüeur,

Ie seroi biẽ-venu des Seigneurs, & des Princes!

Mais las! pour trop me voir sagement arresté,

(Priué d'aise) vn dur soing á me nuire apresté,

Egratigne mõn cœur de mordantes épinces!

FIN.

VITA DELLA MORTE.